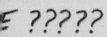

THE INVISIBLE MAN

E ?????

SPIDERB

OOM

THE INCREDIBLE POLKA-DOTTED ELEPHANT

MADAN ZAREN

FORTUNES TOLD!

AN BALL

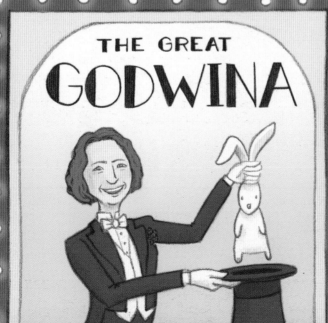

RGEST AKE

THE GREAT GODWINA

STRONGM

獻給 tk

小艾略特的溫心樂園

NDQ0017　ISBN 978-957-13-6954-9 (精裝)

文·圖 / 麥克·柯拉托 Mike Curato

譯者 / 葛容均　副主編 / 胡琇雅　美編 / 李宜芝

董事長·總經理 / 趙政岷

出版者 / 時報文化出版企業股份有限公司　10803 台北市和平西路三段 240 號七樓

印刷 / 和楹印刷有限公司　初版一刷 / 2017 年 05 月 12 日

定價 / 新台幣 280 元　發行專線 / (02) 2306-6842

讀者服務專線 / 0800-231-705、(02) 2304-7103　讀者服務傳真 / (02) 2304-6858

郵撥 / 1934-4724 時報文化出版公司　信箱 / 台北郵政 79 ~ 99 信箱

時報悅讀網 / www.readingtimes.com.tw　電子郵件信箱 / ctliving@readingtimes.com.tw

法律顧問 / 理律法律事務所 陳長文律師、李念祖律師

行政院新聞局局版北市業字第八〇號

版權所有 翻印必究 (缺頁或破損的書，請寄回更換)

小艾略特的溫心樂園

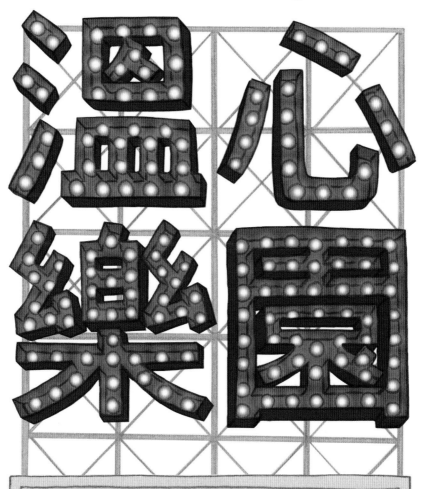

文·圖

麥克·柯拉托

譯/葛容均

小艾略特和他最要好的朋友——老鼠，正在前往大城市邊緣的路上。

「你會喜歡那裡的木棧道！」老鼠說。
「我每年都跟家人一起去。」

「那ㄋㄚˋ裡ㄌㄧˇ會ㄏㄨㄟˋ有ㄧㄡˇ好ㄏㄠˇ吃ㄔ的ㄉㄜ˙東ㄉㄨㄥ西ㄒㄧ嗎ㄇㄚˇ？」艾ㄞˋ略ㄌㄩㄝˋ特ㄊㄜˋ問ㄨㄣˋ。

「喔ㄛ，當ㄉㄤ然ㄖㄢˊ咯ㄌㄜ˙！」老ㄌㄠˇ鼠ㄕㄨˇ說ㄕㄨㄛ。「有ㄧㄡˇ冰ㄅㄧㄥ淇ㄑㄧˊ淋ㄌㄧㄣˊ、棉ㄇㄧㄢˊ花ㄏㄨㄚ糖ㄊㄤˊ、爆ㄅㄠˋ米ㄇㄧˇ花ㄏㄨㄚ！還ㄏㄞˊ有ㄧㄡˇ表ㄅㄧㄠˇ演ㄧㄢˇ、遊ㄧㄡˊ戲ㄒㄧˋ和ㄏㄢˋ許ㄒㄩˇ多ㄉㄨㄛ遊ㄧㄡˊ樂ㄌㄜˋ設ㄕㄜˋ施ㄕ呢ㄋㄜ˙！」

「跟緊唷。」老鼠說。

「你ㄋㄧˇ想ㄒㄧㄤˇ坐ㄗㄨㄛˋ船ㄔㄨㄢˊ玩ㄨㄢˊ滑ㄏㄨㄚˊ水ㄕㄨㄟˇ
道ㄉㄠˋ嗎ㄇㄚ？」老ㄌㄠˇ鼠ㄕㄨˇ問ㄨㄣˋ。

「太溼了，」艾略特說。
「如果我掉下船怎麼辦？
我不會游泳。」

「那旋轉秋千
或超大輪盤呢？」老鼠問。

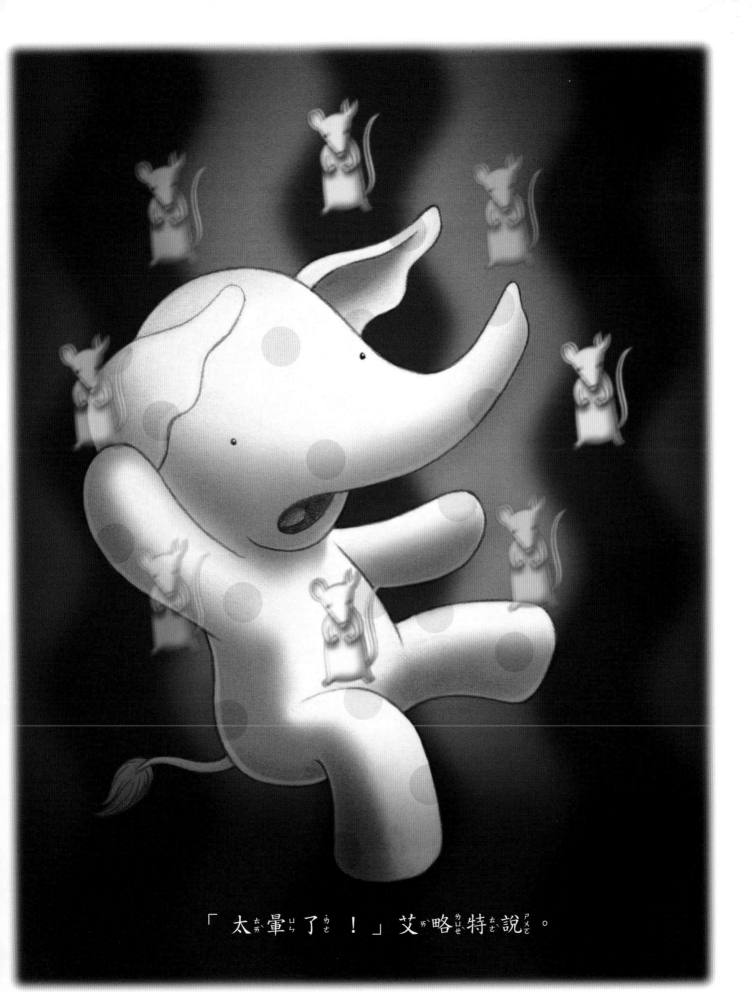

「太暈了！」艾略特說。

「還是雲霄飛車？」老鼠說，
「那是我最愛玩的！」

「太快了！」艾略特說。

「那……什麼才有意思呢？」
老鼠問。
「我想，該吃點好吃的了。」
艾略特說。

「等等，艾略特！」老鼠大聲喊道。

艾略特因為太驚慌而停不下來。

現在他在哪兒呢？

艾略特再度驚慌的跑走。

但，現在他又在哪兒呢？

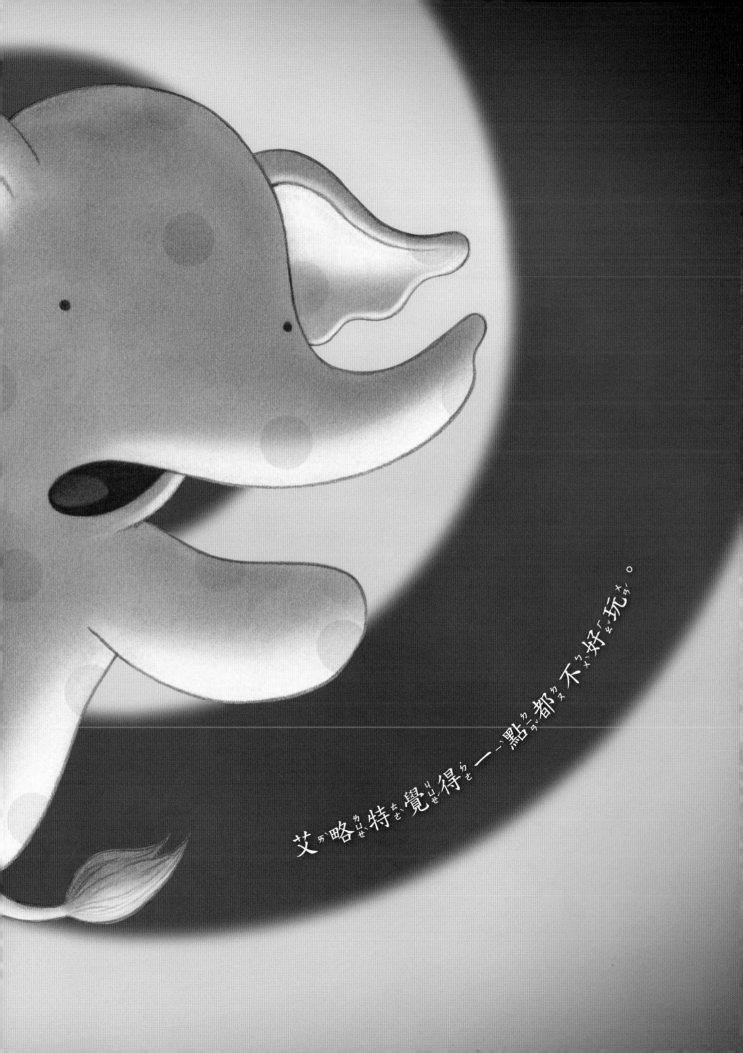

艾ㄞˋ略ㄌㄩㄝˋ特ㄊㄜˋ覺ㄐㄩㄝˊ得ㄉㄜ˙一一ˋ點ㄉㄧㄢˇ都ㄉㄡ不ㄅㄨˋ好ㄏㄠˇ玩ㄨㄢˇ。

老鼠找啊找啊，
終於找到艾略特。

「可憐的艾略特，」老鼠說。
「我想，我們該休息一下了。」

「感覺好些了嗎？」老鼠問。

「好多了！」艾略特說。
「但我還是希望可以玩到不會弄溼、
不要太快或讓人頭暈的設施。」

「我有個點子。」老鼠說。

艾略特還是緊張，
老鼠輕輕拍拍他的頭。

「真的要玩這個嗎？」艾略特說。

「要是風太大，我們被吹走？又或是摩天輪散掉，我們滾進海裡？萬一發生了什麼事的話……」

「沒_{ㄇㄟˊ}事_{ㄕˋ}的_{ㄉㄜ˙}，」老_{ㄌㄠˇ}鼠_{ㄕㄨˇ}說_{ㄕㄨㄛ}，「我_{ㄨㄛˇ}就_{ㄐㄧㄡˋ}在_{ㄗㄞˋ}這_{ㄓㄜˋ}裡_{ㄌㄧˇ}。」

艾_{ㄞˋ}略_{ㄌㄩㄝˋ}特_{ㄊㄜˋ}慢_{ㄇㄢˋ}慢_{ㄇㄢˋ}睜_{ㄓㄥ}開_{ㄎㄞ}一_ㄧ隻_ㄓ眼_{ㄧㄢˇ}睛_{ㄐㄧㄥ}往_{ㄨㄤˇ}外_{ㄨㄞˋ}瞧_{ㄑㄧㄠˊ}。

「哇！」

他說。

艾略特終於玩得開心了，
老鼠也是。

「你最喜歡今天的
哪個部分呢？」
艾略特問。

「和你在一起。」老鼠說。

「哇！」
他說。

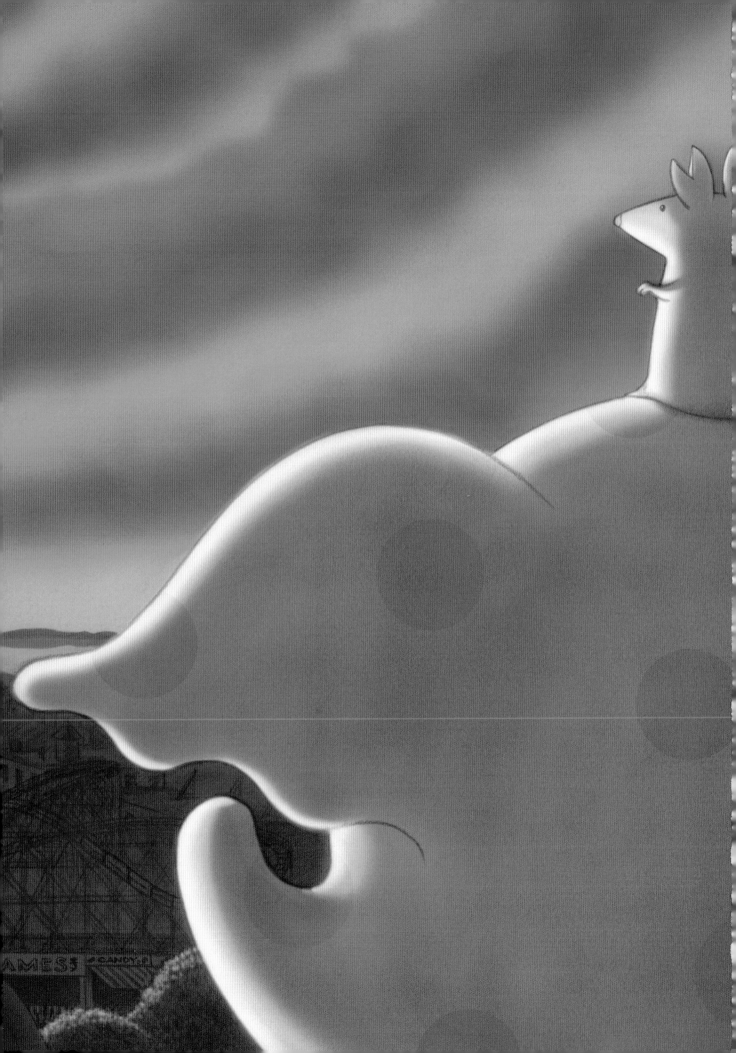

艾略特終於玩得開心了，
老鼠也是。

「你最喜歡今天的
哪個部分呢？」
艾略特問。

「和你在一起。」老鼠說。

「我也是！」
艾略特說。

每_{ㄇㄟˇ}一_一天_{ㄊㄧㄢ}，我_{ㄨㄛˇ}最_{ㄗㄨㄟˋ}愛_{ㄞˋ}的_{ㄉㄜ˙}，
就_{ㄐㄧㄡˋ}是_{ㄕˋ}和_{ㄏㄜˊ}你_{ㄋㄧˇ}在_{ㄗㄞˋ}一_一起_{ㄑㄧˇ}。